KB263061

밀풍선 속에 그대 이름을 직있어요

송연숙 시집

시인의 말

이 세상에 詩 외에는 존재하는 게 없다는 듯
짝사랑에 빠져 살았습니다.

눈앞에 있는데 닿을 수 없는 세상처럼
발돋움하며 바라보는 이 사랑은
나를 늘 애태우게 합니다.

그대의 이름을
말풍선 속에 적어 봅니다.
때론 슬픔으로
때론 기쁨으로
때론 스치듯 지나간 그대에게
나의 위로와 감사를 전합니다.
고맙습니다.

2025년 가을

송연숙

제1부
구름 붕대

말풍선 속에 그대 이름을 적었어요

다 타지 않은 말 하나
불씨처럼 쥐고 서 있습니다
바닥에 엎질러진 말들 사이로
흘러내린 커피의 체온이 식고 있어요

나는 건조대에 널린 하루를 털어 말리고
바다가 보이는 버스 정류장에 앉아
다 읽지 못한 메시지를 열어봅니다

비워 놓은 말풍선처럼
견디는 자의 하루에는 박수가 없습니다
버스 창에 비친 내 얼굴을
수평선이 자르며 지나갑니다
유리컵에 남은 마지막 물기처럼
나는 흐리고 작아지다 사라집니다

하루가 무사히 지나가는 건
어쩌면 그 하루에 다 넣지 못한 말들 때문일지 몰라요

말은 불입니다

꺼내지 않으면 내 속을 태우고

함부로 꺼내면, 타인의 속을 태웁니다

그대를 태운 말의 씨앗이 무엇인지 몰라

뾰족해진 그대를 어떻게 달래야 할지도 모르겠습니다

버스를 타고 해안선을 돌 듯

그대의 마음 곁을 돌고 또 돕니다

꺼내 놓지 못해서

비어 있는 말풍선에 매달린 나의 하루가

젖은 구름이 되기도 하고 빗방울이 되기도 합니다

시간 세탁소

아파트 단지 끝, 뜨란채 세탁소엔
시간이 걸려 있다
어제의 회의, 내일의 출장
첫사랑의 원피스까지

출근길, 나는 바짓단의 수선을 맡기며
내일의 발걸음을 한 단 접어 표시해 놓는다
언제 찾으러 올까요?
세탁소 주인은 돋보기 너머로 눈동자를 굴리며
사흘 뒤 날짜에 못을 박는다

교복을 내미는 아이의 찢어진 무릎
매점으로 뛰어가던 발자국과 눈 감기는 수업 풍경이
바람에 묻어 들어온다

한 여인이 체크무늬 코트를 건네며 말한다
이거 명품인데, 언제 얼룩이 묻었는지 모르겠어요
조용히 돌아가는 드럼통 속
알게 모르게 지은 죄 회개하듯

시간은 한 겹씩 헹궈진다
하루에도 수십 번 남의 시간을 펼쳤다 접으며
얼룩을 찾아내는 주인
그날의 슬픔과 허물을 물로 씻긴다

석유 냄새 풍기며 비닐 속에서 말라가는 옷들
차렷 자세로 나란하게 매달려 있다
가만히 손 모은 순례자 같다

이곳에서의 시간이란, 오직
남의 옷자락에 묻은 상처를 꿰매고
어루만지며 씻어주는 일이다
성자처럼
세탁소 한 귀퉁이에 걸려 있는 십자가 아래서

떡갈나무 ISBN

등산로에 늘어선 떡갈나무들은
가늘고 굵은 너비로 표현된 ISBN이다

이 한 권의 시집엔 어떤 내용의 시가 적혀 있을까
표지를 살피고, 목차를 살피듯
휘어지고 이끼 낀 코드의 떡갈나무들을 만져본다
기대어 숨을 쏟아 놓기도 한다

벌레 구멍이 나고 삭기도 한 나뭇잎 시詩를 읽으면
안개의 손이 목덜미를 만지는 것 같다

핸드폰 메모장에
정상을 향할수록 숨이 가빠오고
안경엔 성에가 낀다, 라고 쓰면
성에를 성패成敗로 자꾸 자동 변환해 놓는다

푸르고 무성했던 성盛의 흔적은 낙엽으로 떨어지고
바람이 지나간 패敗의 흔적은 옹이로 표시된 떡갈나무
그렇다면 이 가을 떡갈나무는

패敗의 흔적만 패로 쥐고 있는 것인가
그런 생각을 하며 걸을 때
도토리 한 알, 머리를 툭 치며 떨어진다
겉모습으로만 판단할 일이 아니라는 듯

뒷사람의 가쁜 숨소리가 들린다
옆으로 비켜서 길을 내어 주거나
발걸음을 재촉해야 한다

도시의 한쪽을 품에 안은 안마산 정상에선
그 어떤 풍경도 만날 수 없다
시집의 행간마다 안개만 자욱할 뿐이다

맘과 몸

맘에서 모음 ㅏ를 돌려놓으면 몸이 된다
내 맘을 돌려놓으려 새벽을 토닥이는 몸
밤새 서성이는 모음 ㅏ를 편안하게 자리에 눕혀 놓는다
너무 애쓰지 마, 내 맘아

몸에서 모음 ㅗ를 옆으로 세워놓으면 맘이 된다
몸을 세워놓고 닦달하다 보면
맘이 다스려질 때도 있다
캄캄한 너에게 두고 온 맘을, 잊고 잠드는 것이다

오지 않을 전언을 기다리며
핸드폰을 들고 서성이는 맘
발톱이 아프도록 석사천을 걷는 몸

측은한 맘을 지친 몸이 둥그렇게 말아 안고 잠드는 밤
이불처럼 내 몸과 맘을 끌어다 덮어놓고
한 열흘쯤 잠들고 싶었던 때가 있었다

바닥으로 가라앉는 맘을 일으켜 세우려

몸을 또 다그치는 아침

그림자가 풀어져 있는 아메리카노를 마신다
잠들지 말아라
내 몸아
지금은 아침이다

비누

닳아 없어지는 게 이렇게 부드러운 일이었을까
젖은 손끝에서 미끄러지는 비누 조각

어머니는 비누처럼 작아지셨다
손안에 꼭 쥐면 더 빨리 작아지는 것들
단단했던 어깨도 거품처럼 허물어져 갔다

굽은 등의 다이알 비누
거품 묻혀 어린 내 등을 살살 문질러 주던 어머니 손
그 손으로 밥을 짓고
농사를 짓고
내 이마를 쓸어 머리 묶어주고
아픈 배를 어루만져 주셨다
온몸을 내어 주던 그날들
어머니는 기꺼이, 비누처럼 작아지셨다

당신의 자랑이길 원했던 내가
거품처럼 사그라들 때
힘들고 궂은일은 내게 맡기고

너는 앞만 보고 가거라

내 두 손을 마주잡고

어머니는 또, 비누처럼 제 살을 녹여 내셨다

혹 불면 동그란 무지개로 떴다가

흔적 없이 사라지는

잡으려 손 내밀면 부서지는

한순간 반짝이다 사라지는 거품

닳아 없어지는 게 비누처럼 매끄럽고

거품처럼 부드럽기만 했을까

어머니는 마지막 순간까지, 비누처럼 작아지셨다

거품처럼 사라지셨다

나를 스캔하다

정맥을 따라 도는 푸른 빛이 나를 스캔한다

은행 대출계 앞에 앉았다
여러 가지 서류에 서명하고 나니
투명 플라스틱 거치대에 손바닥을 올려놓으라 한다
바이오 정보 등록,
손바닥 정맥이 비밀번호처럼 나를 증명해 줄 것이라 한다

사진을 찍을 때면
손등의 핏줄이 유난히 도드라져 보여
뒤로 감추거나 손등이 보이지 않게 포즈를 취했었다
나이를 숨기지 못해 눈총받으며
나에게서 밀려나던 나의 두 손

아이의 똥 기저귀를 만졌던 손
삼시 세끼의 식탁을 위해
베이기도 하고 데기도 하며 얼룩지던 손
종종거리는 발보다 먼저 일어나고
시린 발을 주무르며 발보다 늦게 잠 들었다

언제나 나의 눈물을 닦아주고 얼굴을 감싸주던 손
마음을 두 손에 모으면 기도가 되던 손

텃밭의 풀 뽑듯 단어를 골라내며
밤보다 늦게 앉아 시를 쓰던 손
떠나는 이의 얼굴을 만지며 흐느끼던 손

궂은일 도맡아 하면서도 늘 뒷전이던 손은
내 몸의 엄마다
골목으로 숨거나 뒤돌아 걷던 길처럼
감추고 싶었던 손은 한 사람의 자서전이다

손마디에 힘을 주고 왕관처럼 손가락을 쫙 편다

손바닥 정맥을 따라 도는 푸른 빛이 까꿍,
나를 스캔한다
현금인출기 앞에서

양파의 계절

눈물을 겹겹이 싸면 매운맛이 난다

어제는 오전에 결혼식 오후에 장례식
오늘은 오전에 장례식 오후엔 결혼식에 다녀왔다

결혼식 축하공연으로 링 마술이 펼쳐졌다
두 개의 링이 연결되거나 분리될 때마다
하객들의 탄성과 박수가 쏟아졌다

쇠로 된 굴렁쇠가 어떻게 쇠를 뚫고 드나들이 하는지
쇠 같은 마음을 뚫고 들어가
서로 닮은 동그라미를 껴안을 때
양파에선 파란 싹이 태어났다
마트료시카처럼 복제된 등고선을 겹겹이 싸안으며
양파는 동그라미를 늘려갈 것이다

귀고리에 목걸이, 여러 개의 반지까지 긴 상주
눈물이 고이던 눈에 반짝 웃음이 비치기도 했다
나를 닮은 동그라미를 심장에서 빼내는 일은

껴안고, 단속하고, 매듭짓던 양파의 계절을
땅에 묻는 일이다
그 양파에선 파란 싹이 다시 태어날 것이다
마트료시카처럼 복제된 그리움을 겹겹이 흘려가며
양파는 동그라미를 늘려갈 것이다

중단되어야 보이는 삶의 패턴은
지문과 파문이 그려놓은
동그라미의 연속무늬다

겹겹이 싸 안은 빗방울에선 달고 매운 맛이 난다

주사위 놀이

신이 주사위를 던졌다

신의 입김 같은 안개에 구멍을 뚫고 달리면
흔적도 없이 닫히는 문
그 문에 갇혀서 움직일 수 없는 날들이 있었다

한 번 터진 안개의 솔기에선
감당할 수 없는 입자들이 쏟아졌다
깨진 접시처럼 증가하는 안개의 엔트로피

갓길에 멈추어 설 수밖에 없었다
핸들에 머리를 묻고
물음표 같은 눈물로
내 인생을 향한 신의 계획을 묻고 또 물었다

출발점으로 다시 돌아오는 환상선環狀線 같은 시간
깨진 접시 조각들이 조립되어
다시 식탁 위에 놓일 수 있을까
흔들어 놓은 상자 속의 퍼즐처럼

제멋대로 굴러가는 포켓볼처럼
어지럽게 흩어지는 생각의 입자들
안개비가 되어 내린다

오후가 되면 구름이 되어 떠오르는 안개
거기, 태양의 빛이 있었다

신이 던진 주사위는 놀이였을까

빗방울 초상화

변주를 좋아하는 구름의 상상력은
몇 필이나 될까
구름 찍어 그림 그리는 사람이 있고
구름을 뭉치거나 깎아서 조각하는 사람이 있다

그 사람에게
구름 초상화를 부탁해 놓은 적이 있다
몇 번의 당부 끝에 붓을 든 구름은
양 떼를 그려 놓거나
깃털을 그려 놓을 뿐
급하게 문을 열고 나가거나
빗방울을 던져주기 일쑤였다

빗방울 초상화를 받아 든다
흙냄새 풍기며 시작한 초상화는
그림자가 먼저 젖어 눈코입이 뭉개져 있었다

초상화엔 그리움이란 장르가 있다
마음을 접어 구름 갈피에 끼워 놓았다가

수시로 펼쳐보는 것이다

엄마의 초상화를 부탁해 놓고
툇마루에서 잠이 든 아이를
평생 껴안고 사는 구름이 있다
그리움의 통점이 너무 깊어
붓조차 들 수 없다는 답신을 받았다
붓을 들면 빗방울만 떨어진다고 했다

아에이오우

골목을 테이블 위에 책처럼 꺼내 놓는다
불빛이 존재를 증명하는 도시의 카페
틀어놓은 수돗물처럼 잘리지 않는 이야기를
백색소음으로 틀어 놓았다

겨울비에 골목들이 번들거린다
떨어지는 빗방울은 끓는 소리를 품고
발성 연습을 하는 중이다

아에이오우
아에이오우

수없이 돋아나는 비의 입술
몇억 년 전부터 이 노래를 이어 왔을까
무성하게 자라는 비의 숲에서 오래 치댄 구름이
가락국수같이 떨어지고 있다
떨어지는 자리마다
파문처럼 퍼져가는 비의 노래는
아에이오우

아에이오우

화살촉 없는 화살을
과녁 없는 과녁에 쏘며 사라지는 입술들
바닥이 된 마음이 노래한다
빗줄기가 된 마음이 낮은음자리표로 노래한다

아 에 이 오 우
아 에 이 오 우

젓가락으로 집어 올리는 빗줄기는 자꾸 미끄러진다
불처럼 뜨겁거나
얼음처럼 차가운 담금질을 지나고 나면
빗줄기도 가지런해지겠지

한낮의 통증이 버리고 간 젖은 골목을
비의 입술이 핥고 있다

로젠다리

구부러진 행성의 저편에서 별빛 하나가 반짝인다

목이 쉬어버린 별의 목소리를
한여름 밤의 늪골에서 꺼내어 관찰한다
외로움을 발라놓은 색의 발광체
배 주름을 접었다 폈다 하는 매미 울음처럼
저 별빛은 허기지도록 울어댄 쓸쓸함이었으리

시작만 있고 끝은 없어요
동굴 같은 밤의 이불의 덮고
저편의 별이 보내는 암호를 해독해 본다

휘어진 행성에서 저 별을 향해 직선으로 가는
시공의 얇은 관
로젠다리는 벌레 구멍
열 쌍도 넘는 다리를 쉼 없이 움직이고
톱니 같은 이빨이 다 닳도록 구멍을 뚫어야 한다

로젠다리를 건너는 일은

두려움과 마주 서서 직진하는 일
무지개를 보기 위해 비를 먼저 맞는 일이다

중독되었어요
그림자가 되었어요
어디에 있나요

더듬이를 세워 저편의 별에 타전을 보낸다

밤이 지나면 사라지는 로젠다리
서둘러 저 별에 가 닿아야 한다

콜콘다의 남자들

아무 말 없이 머리 위에 앉아, 하루 종일 나를 눌러 놓는 생각. 생각은 모자처럼, 한 번 눌리면 쉽게 펴지지 않고, 떡이진 머리처럼 딱 달라붙어 끝내 벗어날 수 없는 얼굴이 된다.

햇빛을 뚫고 다니는 출퇴근길, 나는 챙이 둥근 모자를 쓴다. 햇빛이 얼굴을 뚫고 지나간 자리가 점.점. 표정이 되기 때문이다. 세상은 너무 환하고, 나의 얼굴은 생각보다 투명하다. 눈빛 하나 입꼬리의 방향 하나에도 마음을 다 들킨다. 그래서 나는 그늘을 선택한다.

어느 순간부터 모자는 얼굴의 일부가 되었다. 사유가 고여 있는 자리, 눌린 머릿속에서 자라는 건 딱딱하게 굳은 식빵 같은 생각이다.

모자를 쓰다 보면, 나와 비슷한 사람들을 만날 수 있다
콜콘다, 똑같은 중절모자와 외투를 입고, 얼굴이 지워진
남자들
하늘에서 무더기로 쏟아진다
도시의 건물 위에, 붉은 지붕 위에, 대지 위에

겨울 빗방울이 되어
공중에서 떠도는 남자들
햇빛은 그들을 비추지 않고, 그들도 누구를 바라보지 않
는다
가끔 그들의 어깨 위로 깃털 같은 문장이 떠다닐 뿐이다

눌린 자리에는 그늘이 생기고, 그 그늘은 얼굴보다 깊다.
오늘도 나는 챙모자를 쓰고 출근을 한다. 하늘에서 내려오
는 그들과 섞이기 위해, 그림자를 얼굴 삼아 하루를 살아가
기 위해, 그늘이 만들어낸 그늘 속에서,

구름 붕대

연필 자루에 구름을 돌려 감으면 솜사탕이 된다

솜사탕처럼 달콤했다, 나의 첫 글공부
엄마가 맨 윗줄에 써 놓은 글씨를 반복해서 따라 쓰면
깍두기 칸마다 들어차던 뭉게구름
혀를 내밀고 침을 묻혀가며 맨 처음 맛본 단어는
어머니 아버지였다

세월은 연필심처럼 쉽게 뭉툭해졌다
무릎이 닳은 연필은 계단에서 넘어진 채
사람이 나타나기를 한 시간 넘게 기다렸다 한다
ㄱ자로 구부러진 계단에서
ㄱ자로 구부러진 기억은
허리를 뒤로 젖혀도 펴지지 않았다
수시로 자식의 이름과 모습을 감춰놓곤 하였다

꽁지에 달린 지우개는
걸어온 길들을 뭉텅뭉텅 잘라먹으며 사라졌다
얼룩을 쌓아놓은 지우개 똥이

기저귀 안에 수북하다

필통 안 같은 세상에서 흔들리다
골다공증에 걸린 검은 뼈
조금만 힘을 줘도 쉽게 부러지기 일쑤였다

흑심을 감춘 자식의 속은
이미 부러져 있어도 알 수 없었고
아버진 수 없이 제 살을 깎아내며 몽당연필이 되어갔다
몽당연필을 모나미 볼펜 자루에 끼워 쓰던 시대는 지났다
책상 서랍에서 잊혀진, 어쩌면 버려진 아버지가
등을 돌리고 누워 계신다

난간을 붙잡고 안간힘을 써도
계단 높이만큼 올라가지 않는 발목
연필 자루처럼 마른 그 발목에 구름 붕대를 감아 드린다
구름의 스텝처럼 가벼워지소서

제2부
수박 박수

나비 포옹법

— 내촌중학교 입학생에게 드리는 시

운동회 때 100m 달리기, 그 출발점이 생각난다

한 발을 조심스레 내밀고,

두 손을 꼭 쥔 채 앞을 바라보며

총소리 기다릴 때의 그 팽팽한 공기

설렘과 긴장, 두려움이 뒤섞인 그 정적의 순간

지금 너희들도 그런 마음이겠지

마음은 저만치 앞서 달려가는데

발이 미처 따라가지 못할 때가 있지

숨이 차고, 기대만큼 되지 않아 속상할 때도 있을 거야

때로는 넘어질지도 몰라

하지만 괜찮아

그럴 때 우리는 나비가 되었으면 해

두 팔을 X자로 포개어

나비가 날갯짓하듯 어깨를 다독이며

스스로를 안아주는 거야

인생은 100m 달리기가 아니라

너의 속도에 맞춰 뛰어가는 마라톤이란다
그러니 조금 늦어도 괜찮아
길 위에서 네가 보고, 느끼고, 배운 모든 것이
너를 더 단단하게 만들어 줄 거야

중요한 건 속도가 아니라 방향이란다
이제 출발점에 선 우리가 해야 할 일은
내가 좋아하는 것
나를 기쁘게 하는 것들을 찾아
목표로 삼는 일이야

비바람이 불어 날개가 젖거나 상해도
그 꿈이 너를 다시 날게 할 거야

나는 너희들이 끝까지 날아가길 바란다
포기하지 않기를,
너의 길을 스스로 개척하기를
그리고 무엇보다
스스로를 따뜻하게 안아줄 줄 아는 사람이 되기를

항상 너의 꿈을 응원하고 도와줄게
언제나 일어서는 용기를 가지길 기도할게
꽃 피는 너의 정원에 도달할 때까지

원래

발바닥에 흙을 안 묻히고 산 지 오래 되었다
눈 녹아 질척거리는 땅을 피해
처마 밑 언 땅 찾아 발걸음을 옮긴다

원래는 흙으로 만들어진 아미타불이었다는 해설사 말에
그림자가 앞서서 발걸음을 인도한다
부석사 무량수전으로

원래, 라는 말을 듣고 한참 서성거렸다
원래를 방울처럼 흔들어 보면
본질이 쏟아져 나온다
초심이 쏟아져 나온다

금박을 입히지 않은
원래, 부처의 얼굴을 보고 싶었다
원래, 흙에서 온 부처
원래, 흙에서 온 사람
원래로 돌아가면 사람도 부처도 같은 존재 아닌가

금박의 아미타불 앞에서
절을 하는 잠바 차림의 중년 남자
기왓장 같은 등에서
꾹꾹 눌러 써 내려간 기도 제목을 읽는다

부처에게 금박을 입히기 시작하며
사람들은 원래에서 멀어졌다
그러니까 본질에서, 초심에서, 순수에서
멀어진 것이다

못 하나 박지 않고도
배흘림기둥을 세우고
오방색을 칠하지 않고도
팔작지붕 날개를 펴게 하는 무량수전

우리는 얼마나 많은 못을 박으며 살아왔는가
얼마나 많은 색으로 스스로를 덧칠하며 포장해 왔는가
누군가의 가슴에 못 없이 박은 무수한 못들은
녹이 슬지도 빠지지도 않은 채

원래의 색을 잃어버렸다

소백산을 한눈에 담고 서 있는 무량수전 앞
잎도 꽃도 비운 불두화 가지들
원래, 하늘의 실핏줄이었음을
비우고 나니 보인다

번호들이 문을 잠그다

입을 꽉 다문 비밀의 턱뼈는 좀처럼 열리지 않았다
이리저리 흔들어 보고 앞뒤를 살펴도
힌트는 없었다

비밀이 있다는 건 다가올 배반이 있다는 것

내가 손가락 걸어 놓았던 비밀번호가 나를 배반했다
서울행 ITX를 예매하고 시간을 다시 바꾸려는데
1분 전 사용한 비번이 생각나지 않는다

턱을 괴고, 손가락 사이로 볼펜을 돌리며
길잃은 숫자들을 이리저리 호명해 보지만
다섯 번 중 네 번의 기회가 사라졌다

낯선 거리에서 더 낯선 나를 들여다보는 것 같다
내가 누구인지
왜 여기 서 있는지 알 수 없을 때
나를 잊고 나를 잃어버린 그날이 왔을 때
그때의 나를 나라고 할 수 있을까

비밀의 문으로 들어간 번호들이 문을 잠갔다
문 안에는 어떤 세상이 있길래
이렇게 모든 것을 하얗게 지워버리는 걸까
눈 녹아 발자국 사라지듯
붙잡을 수 없는 문고리

입과 귀 사이에 두 손을 대고
귓속으로 비밀을 몰아 넣는다

지금은 비밀을 외쳐야 문이 열리는
번호의 시대다

부엌의 역사서

깜박할 사이에 타버린 사골국
급하게 뚜껑을 열어젖히자
냄비 바닥에 눌어붙은 어둠이 쏟아진다

밤새워 핏물을 빼고, 뽀얀 국물이 우러나는 동안
알지 못했다
국물이 심장처럼 졸아들고
구멍 난 뼈가 까맣게 타들어 가는
엄마의 시간이 거기 있었다는 것을

이 세상에 부엌이 없다면
어디서 엄마를 만날까
어떻게 여자를 이해할까
섬처럼 젖은 맨발의 엄마

왕이 나오고, 전쟁이 나오고, 포로가 나오는 부엌의 역사

아일랜드 식탁에 앉으면 섬이 된다 나는
바다도 뭍도 아니어서

바다가 되고 싶었고, 뭍이 되고 싶었다
무엇이 되고 싶었다

나처럼 살지 말아라, 엄마의 당부에도
섬처럼 엎드려
파도가 왕처럼 던져주는 상처를 기를 수밖에 없었다
그래야 하는 줄 알았다

오전 7시가, 정오가, 오후 6시의 돌덩이가
생일이, 명절이, 제사라는 바위가
멱살을 잡고 굴러내려 온다

집게발로 바다를 자르던 꽃게
그 다리를 뚝뚝 분질러 넣고 찌개를 끓인다
엄마처럼 살지 말아라
딸들에게 전하는 부엌의 역사서 같은 말 휘저으며
간을 맞춘다

선택지가 없는 봄

겨울에서 풀려나온 봄이 새의 목소리로 노래한다

겨울 잠바에 등산화를 신은 사람
점령군처럼 고로쇠나무에 드릴을 들이댄다
이미 말 통이 두 개나 매달려 있는 나무는
두 눈을 질끈 감고 고개를 돌렸다
손가락을 쥐었다 폈다 하며
나선형으로 파고드는 통증을 참아 본다

가까이 선 단풍나무에는
1.8리터짜리 콜라병이 몇 개씩 매달려 있다
헌혈하는 아이들 같다
헌혈이 끝나면 빵과 우유도 주고
봉사활동 점수도 2시간씩 준다고
봄, 가을마다 마른 가지 같은 팔뚝을 내어 주던 아이
핏기 없는 입술로 구름빵을 한 입 베어 문다

구름 장갑을 끼고 언 손 녹이는 나무
이제 겨우 살만하다

이제 겨우 허리 펴고 일어서겠다, 생각할 무렵

꽃샘추위와 함께 찾아온 시련

돈 좀 벌어 온다고 생색내냐

검고 굵은 빨대를 입막음처럼 틀어막는다

이번에 탄 적금은 내가 좀 쓸게

심장까지 파고드는 드릴의 고음과

채워야 할 말 통

선택지가 없는 봄은 노랗게 흔들리는 계절이었다

발목에서 가슴까지

가슴에서 다시 목젖까지

나무는 흉터를 눈동자처럼 늘려가고 있었다

꾀꼬리 소리 가벼워지는 무심의 숲에서

저녁의 효과

거실 형광등이 베란다 밖 허공에
보름달처럼 매달리는 시간이 있다
삼악산 뒤로 노을이 퍼지고
저녁이 웅크린 어깨처럼 어두워질 때
불을 켠 집안의 사물들은 탈출을 꿈꾸곤 한다

그 풍경을 사진 찍어 들여다 본다
핸드폰을 들고 사진 찍는 내 모습과
창 안팎의 풍경이 한 화면에 섞여 엎치락거린다
도시의 불빛이 찻잔에, 얼굴에, 카메라를 든 손에
유리 조각처럼 박혀 있다

야자나무와 고래와 섬들이 그려진 벽화도
창문 넘어 탈출하기 시작한다
고래는 비로소 물줄기를 뿜어대고
섬은 파도 소리를 흔들고
야자나무에선 빗소리 같은 바람이 분다

탈출을 마친 내가 벽화 속 화면에 있다

불을 켠 내 안의 풍경들이
창밖의 어둠과 하나로 뒤섞여
밤안개처럼 스며드는 감정들

이때를 놓치지 말아야 한다
허공 가득 말풍선 같은 시詩의 등불을 내 걸어야 한다
파도를 흔드는 섬처럼 나를 흔드는 외로움

아침이 들어왔던 창밖엔
빛과 어둠이 서로의 그림자를 덧칠하고 있다

눈꽃의 DNA

벚나무에는 눈꽃의 DNA가 있습니다

연어가 상류로 뛰어오르듯

나뭇가지들은 하늘로 뛰어오르며

눈의 안부를 자꾸 확인하고 싶은 것입니다

훨훨, 눈송이들

이제 막 물오른 벚나무에 스며들었습니다

어깨를 펴고 곧게 서고 싶은 꿈

진짜 꽃이 되어 흐드러지고 싶은 꿈

겨울 역에서 출발한 눈꽃들은

초봄의 경계선까지 마지막 걸음을 밀어 넣으며

달려온 것입니다

가지마다 구름을 산란해 놓은 벚나무들

달력에 동그라미 그려가며

눈이 꽃으로 태어나길 기다린 것입니다

미처 키우지 못한 빗방울들이 나뭇가지에서 흘러내릴 때

나무들은 얼마나 가슴을 뜯으며 울었는지

나무 기둥은 참 많이도 갈라졌습니다

나뭇가지가 봄바람을 풍경처럼 흔들고
강물 풀리는 소리가 벚나무의 발목을 씻겨줄 때
눈꽃이 앉았던 자리마다
눈꽃을 쏙 빼닮은 벚꽃이 태어난 것입니다
훨훨, 꽃눈송이들

사과나무와 속도

야간 주행을 하다 사과 알 같은 신호등을 만나면
기다릴까, 그냥 달릴까
잠시 고민할 때가 있다, 아무도 없는 길 위에서

누군가 던져놓은 사과는 유혹이나 금단의 표시였다
사과를 집어 든 순간은 전쟁의 서막이었다

속도와 속도가 충돌하고
그 반작용으로 팅겨 나온 속도는 전봇대를 들이받고 멈추
어 섰다
스무숲 사거리
고래 배 속 같이 캄캄한 차 안에서
과거의 시간은 빨리 감기 버튼을 누른 필름처럼 돌아갔다
이마에 흐르는 액체를 덜덜 떨리는 손으로 닦으며
요나처럼 내 죄의 목록을 먼저 따져 물었다

생과 사의 간격이 깨진 유리창처럼 투명하고 얇았구나

고래 타액 같은 고요가 끈적하게 몸을 휘감았다

웅성거리는 사람들의 발자국이 모여들고
바구니에서 쏟아진 사과 알들은
구도도 잡지 않은 채 차 안을 굴러다녔다

사퇴하라, 보장하라
플래카드를 든 사과 나무가
길 양쪽에 서서 목소리를 높였다

길 위의 하얀 사다리를 더듬거려 보았다
이쪽에서 저쪽으로 길을 건너면
어디론가 사라지는 사람들
저쪽에서 이쪽으로 길을 건너는 사람들은
사라지는 걸까 살아지는 것일까

좌회전을 한 차들이 블랙홀로 사라지고
응급차의 엠블럼 소리가 높아졌다 사라진다

구름족 운동회

구름족 아이들이 운동회를 한다
설악산 능선
이쪽 끝과 저쪽 끝 연결한 줄을 잡고
단체 줄넘기를 한다
번번이 산봉우리에 발이 걸리는 아기 구름

— 깡충 뛸 때 뒤꿈치를 엉덩이에 붙이란 말이야
　하나, 둘, 셋 하면 높이 뛰는 거야
저마다 훈수를 두며 나서는 구름 친구들
단풍나무도 불끈 주먹을 쥐고
은행나무도 노란 손수건을 흔들며 응원을 한다

하나가 죽으면 모두 죽어야 하는 단체 줄넘기
어차피 흘러가 버릴 일이지만 그건 흘러간 후의 이야기다
지금은 저 산을 넘어 높이 떠올라야 한다

짜증을 모르는 아기 구름
뒤꿈치를 엉덩이에 붙이며 팔짝 뛰고
구령에 맞춰 또 뛰고

땀이 송글송글 이마에 맺힐 무렵
네 번이나 봉우리를 넘나들었다

드디어 결승전
설악산은 무릎을 구부려 키를 낮추고
운동장 주변 국화들도 궁금증에 두 눈을 크게 뜬다

산등성이에 또 발이 걸린 구름
안타까움의 탄성이 흘러나올 때

오, 멋진 풍경인 걸
누군가 찰칵, 사진을 찍는다

나 홀로 입학식

햇살이 운동장에 느낌표로 떨어진다
먼저 등교한 새소리를 주머니가 불룩해지도록 담아가는
구름

애국가가 울리고 입학식이 시작되었다
빙하 조각에 올라서서 발을 구르며
주변을 살펴보는 북금곰의 당황한 눈빛같이
식장에 혼자 앉아 있는 서진이는 어디에 시선 둬야 할지
몰라
고개를 숙이고 있었다

함께 어울려야
오리온이나 카시오페이아 같은 별자리도 되고
은하수도 되는데
운동장을 넘치게 채웠던 아이들의 함성은
빙하처럼 녹아 사라진 지 여러 해
아이들은 어쩌면 피리 부는 사내를 따라 마을의
고개를 넘어가고 있는지 모르겠다

환영 축사가 끝나고

여러 단체에서 보내온 장학금

지역 조합장님이 선물한 고가의 책가방

모두 서진이 차지가 되었다

이제 반장은 물론 학생회장도 따 놓은 사과

전교생 열 명이 차례로 나와 장미꽃을 전달하자

무표정 서진이 얼굴에도 흐린 미소가 번졌다

함께 빛나는 별자리가 아니면 어때

북극성이 되면 더 좋지

3월

허공에 부딪히는 새처럼

눈송이는 떨어지면서 깨지곤 하였다

수박 박수

원두막을 지키던 빗방울은

열매들의 씨앗

자신을 주장하지 않고 스며드는 일이다

빗방울의 씨앗들이 집요하게 스며들어

파도 무늬 넘실대는 수박이 된다

미역 무늬 춤추는 수박이 된다

줄무늬 반바지가 된다

반바지를 입은 아이들이 박수치며 둘러 서 있다

손끝에서 떨어지는 단물 같은 웃음을 휴지로 닦아내며

수박을 먹는다

양구 시인이 보내준 수박 한 통을

매미 소리 앞에 놓고

전교생 11명과 12명의 교직원이 나눠 먹는다

천천히 먹어라

천천히 먹어라

그래야 수업에 조금 늦게 들어갈 수 있단다

가장 철없는 교장의 말

피자 조각처럼 잘린 파도 한 조각
마그마 한 조각
저마다, 조각난 지구의 맛을 음미하며
덩굴손을 뻗는다

공룡알처럼 부풀어 오른 수박의 부화란
재잘대는 날개들이 먼저 태어나는 것이다
기울어지는 지구 모퉁이를 두드려 보다
번쩍 들어 올리는 것이다

깃털의 추락

작은 새의 깃털 두 개가 떨어졌고
숲은 아무 일 아니라는 듯 받아들였다

새벽 3시, 잠에서 깨어났다
젖은 꿈을 닦아낼 수 없어서 하루가 푸석거렸다

열어놓은 창으로 들어온 바람이 냉증의 발목을 만져보고
간다

나는 지금 산의 몇 부 능선을 오르고 있는 걸까
정상이 멀지 않았다는 생각이다
내려가는 일은 올라가는 일보다 쉽고 빠르다
내려가는 발걸음은 올라가는 발걸음보다 가볍다
아니, 가벼워야 한다
정상에 올려놓은 돌덩이가 굴러떨어지듯
깃털이 바람에 춤추며 떨어지듯
가속도가 붙을 것이다

수면제를 먹고 두 눈 감은 어린 새의 호흡에 대해

날개를 접고 떨어지는 이유에 대해

아무도 말하지 않았다

바람이 엿보고 대책 회의를 열었을 뿐

낙엽에 묻혀 조용히 잊히길 원했다

새벽 3시의 핸드폰 불빛은 별빛과 닮았다

어린 새의 깃털과 내려가는 발걸음을 생각하다

마음 모서리가 깨졌고

돌아 누울 때마다

불빛이 슬픔처럼 새어 나왔다

황금빛 사자

먼지를 일으키며
타박타박 초원을 걷는 아기 사자
앞서가는 무리와 거리를 두고 있다

젖을 찾으면 뒷발로 밀어내던 어미 사자
풀벌레도 쉬이 놀다 가는 등짝 뒤로
사자의 무리도 입을 닫는다

그 아이의 손바닥을 본 건
격려차 연습장을 찾았을 때였다
축구선수 박지성의 발처럼
굳은살이 박이고 피딱지가 앉은 손
80킬로의 몸으로 170킬로의 쇳덩이를 번쩍 들며
허리를 곧게 세울 때
벼랑을 기어오르던 사자의 입에서는 괴성이 흘러나왔다
그 순간 누구도 장애를 말할 수 없었다

피가 나도 아프단 말 없이 연습하는 것은
아프지 않아서가 아니라

굳은 빵처럼 말라버린 말들 때문이다

일그러지게 웃으며 만세 부르는 신문 속 사진
그의 목엔 전국대회를 휩쓴 세 개의 금메달과 한국 신기록
사냥감을 향해 돌진하는 숫사자의
눈빛이 걸려 있었다

쇳덩이처럼 굳은 어제를
피가 맺힌 손바닥으로 한 번 더 들어 올린다
조롱과 외면, 움츠린 말투와 눈치 보는 표정들이
갈기처럼 흔들릴 때
그 등을 타고
한 마리 사자가 천천히 일어선다
드디어 그는 자신을 사냥하는 법을 알았던 것이다

제3부
모래밥

엄마 생각

황토방 왼쪽 지붕 아래에 박새가 집을 지었다

시냇물처럼 봄을 엎질러 놓은 새끼들의 아우성
소리만 들어도
새빨간 알몸
입을 크게 벌린 허기가 둥지에 가득하다는 걸 알겠는데

벌레를 물고 와
머리를 좌우로 돌려가며 주변을 살피는 어미 새
빨랫줄 오른쪽 끝에 앉았다
꼬리를 까닥이며
오른쪽에서 왼쪽으로
아닌 척 퐁, 아닌 척 퐁
박새가 한 걸음씩 걸음을 옮길 때마다
하늘은 노랗게 출렁거렸다

출렁거리는 봄을 지켜본다

먼 길 돌아 새끼에게 가는 마음
외줄을 타다 다 타버리는 엄마의 마음

계절외 잔고

11월, 장미가 피었다
앵두꽃이 피었다
마이너스 통장에서 미리 빼 쓴 돈처럼
계절을 당겨서 핀 꽃
계절의 잔고가 바닥이 났다

텅 빈 통장을 들여보는 지구
다음 달 살림이 걱정이다

빙하처럼 녹아버린 살림살이
북극곰과 펭귄의 학비는 어떻게 하나
수은주처럼 올라가는
대출금리와 월세는 또 어떻게 감당하나

자꾸 기울어지는 지구의 어깨
몸살이 났다
열이 내리지 않는다

가시고기

갈대 뿌리 아래 둥지
부화를 마친 어미는 가출하고
천적으로부터 알을 보호하려고 뾰족하게 세운 가시
너무 뻔한 아비의 서사는 그렇게 시작되었다

오 남매의 등록금이며 학원비는 월수 찍듯 돌아왔다
납부일이 다가오면
먹지도 자지도 않으며
지느러미를 더 빠르게 움직여야 했다
여기서 맞추고 저기서 끌어오고
천적을 막아내듯 은행을 전전하는 동안
가시를 더 날카롭게 세워야 했다

내가 누구인지, 그런 고민은 사치
지느러미가 다 닳아야 끝난다는 것을 알고 있었다
그렇게 일생이 지나가리라는 것도

낡은 소매 끝과 뒤축이 닳은 구두처럼
주둥이와 지느러미는 점점 색을 잃고 있었다

봄의 선율에 몸이 가볍게 떠오르는 걸 느꼈다
뒤집힌 몸에서 파르르 떨리며 닫히는 아가미
어깨에 든 푸른 멍이 물결에 배어 나오면
치어들이 일제히 달려들었다

몸을 조각내 파먹듯 빠르게 나눠지는 유산
치어들은 입맛을 다시며
바다를 향해 유유히 헤엄쳐 나갔다

돌 틈 사이로 가라앉는 등뼈
물살은 물살을 덮으며
아무 일 없다는 듯 흐르고 있었다

모래밥

저녁 어둠이 맨손으로 허겁지겁 고봉밥을 퍼먹고 있다
고기를 가져오라 소리치며
숟가락으로 밥상을 탁탁친다
접시가 깨졌다

자식의 목을 잘라 먹고
한쪽 팔을 아이스크림처럼 핥아 먹는 사투르누스
그 허기와 광기가 몰아치는 저녁 어둠 앞에서
안절부절못하는 아버지는
헛기침으로 대답을 대신하신다

초등학생인 내가 아침을 굶고 등교했던 날
아버지는 밥솥 가득 모래를 부어 놓으셨다 한다
— 아무도 밥을 먹지 못한다
　아이가 돌아올 때까지
가족들에게 엄포를 놓으셨다 한다

밥 먹었니, 밥 한번 먹자가 인사였던 시대
밥 굶기지 않는다

때리지 않는다
일 시키지 않는다
무언의 규칙으로
어미 잃은 우리를 지켜주던 아버지
밥솥 가득 모래밥을 지으셨던 거다

모래알 씹는 것 같다는 아버지를 위해
모래알에 섞일 몇 가지 반찬을 만들어 집을 나선다

삶의 온갖 욕망이 다 사라진 후
마지막까지 남아 있는 저녁노을의 식욕
사투르누스의 입가에선 핏방울이 떨어진다

핏방울 같은 노을이 눈동자에 번진다
다만, 우리를,
우리의 밥을, 불쌍히 여기소서

백학의 귀향 1

그가 돌아왔다
공중을 선회하다 사라진다

붓으로 조심스레 흙을 털어내자
머리, 가슴, 골반, 다리뼈가 엎드린 상태로 드러났다
그 뼈들 위로
오른팔과 다리뼈만 남아 있는 다른 유해가 얽혀져 있었다

아직 벗지 못한 군화와 철모
방아쇠에 감겨 있는 검지 손가락뼈는
70여 년, 쉼 없이 적의 심장을 겨누고 있었다

핏물이 고인 참호에서, 살려 주세요의 간절한 기도문이
제발 죽여 주세요로 바뀔 때, 옆에 있던 전우의 왼쪽 팔이
날아갔다. 앞에 있던 전우의 피가 흙과 뒤섞여 얼굴을 덮었
다. 폭탄의 폭발음이 비명과 함께 쏟아졌다. 전우들이 죽고,
죽고, 또 죽고, 지옥만 남은 전쟁터, 숨도 쉴 수 없을 만큼의
공포와 두려움에 귀를 막고 엎드렸다.

이념은, 전쟁은, 누구를 위한 것인가

누구를 위해, 누구를 향해,
왜, 70여 년 동안 겨눈 총부리를 거두지 못하고 있는 것인가

공격과 퇴각, 하루에도 몇 번씩 주인이 바뀌었다는 백마
고지
포탄에 벗겨진 산봉우리는 피투성이 백마가 되어 평야로
내달린다
핏물이 울부짖으며 흐르던 산하

술 한 잔 마시고 잊을 수 있는 그런 전쟁이 아니다

열일곱 살 학도병, 무덤이 된 참호에서 걸어 나온다
등 위에 쌓인 전우의 뼈를 두 팔로 헤치면
흙빛 뼈의 무덤에서 날아오르는
한 마리 백학

한 마리를 신호로 여기저기서 날아오르는 백학들

금학산 핏빛 노을에 점점이 날개들, 있다

강촌상상역*

강촌상상역은 추억을 상영하는 영화관이다
화면도, 영사기에서 돌아가는 필름도, 관객도 없다
각자의 추억을 꺼내 각본을 쓰고 각색하여 상영하는
쉼표 같은 간이역이다

#1
우리가 왔다감 원재♡세빈
하트에 갇힌 이름들이 아치형 기둥 여기저기 빽빽하게 서
있다
기타와 카세트, 배낭을 짊어진 봄꽃들이
계절마다 쏟아지던 역
구곡폭포에서 등선폭포까지
북한강을 따라 자전거길에 수놓았던
봄날의 풀잎 같은 사랑
풀잎의 이슬 같은 사랑

어디엔들 남기고 싶지 않았을까

왔다 감, 사랑함

한 생애도 이 두 문장이면 족하다

어느 묘비명이 이보다 더 따뜻하고 애틋할 수 있을까

#2

1992.4.16. 입대, 동호♡미화

떠나는 열차를 따라가며 손 흔드는 여인과

차창에 두 손을 대고 입김 뿜어대는 사내

지금은 어디서 무엇이 되어 살고 있을까

반복 재생해 꺼내보는 영화는

삶의 비밀일까, 활력소일까

#3

폐 역사 곳곳에 그려진 그래피티도 백발처럼 낡아가고

남아 있는 레일 사이엔 잡초들 무성하다

4

한때, 레일처럼 평행인 관계가 견디기 힘든 시절이 있었다

지렁이나 짚신벌레, 혹은 플라나리아처럼

자웅동체가 되지 못하는 것은

사랑이 아니라 생각했다

하나가 된다는 것은 얼마나 폭력적인가

여기까지 달려와 보니

우리의 관계는 기차의 레일처럼 평행이어야 했다

침목은 관계를 지켜주는 버팀목

너와 나 사이에 일정한 간격의 침목을 놓고

그 거리를 유지하며 함께 달려야 했던 것이다

쓸모를 다한 침목들이 산비탈에 쌓여 있다

관계를 상실한 침목들 무덤에선

침묵이 흘렀다

침묵 사이로 기린초가 피고

회광나무꽃이 회한의 향을 피웠다

비바람에 뒤집힌 시무나무 가지들이 허리를 숙이고 있었다

#5
청량리 방면 타는 곳
춘천 방면 타는 곳
어느 방향을 향해 서 있어도 기차는 오지 않았다

그대 어깨에 머리를 기대고 떠나간
청춘의 열차를 향해
나는 손을 높이 흔들었다

폐 역사를 휘감고 도는 북한강은 기차처럼 홀로 떠나고
비안개는 삼악산 봉우리를 지우고 있었다

* 폐 강촌역의 명칭. 춘천시 남면 강촌리 소재.

오늘은 폭풍이 없어서 가장 좋은 날

40여 년의 시간이 흘렀다는 걸 알았을 땐
깊은 우물을 만난 느낌이었다

아테네에서 산토리니로 향하는 크루즈 안
대학 친구 여섯 명은
퍼내도 고이는 우물 같은 커피잔을 앞에 놓고
이야기를 퍼 올렸다

— 너의 찰랑거리는 단발머리를 보면 미쳐 버릴 것 같아
대학 시절 받은 연애편지를 친구가 퍼 올리자
에게해는 웃음 바다가 되었다

연애하다 엄마에게 붙잡혀온 언니는
제 몸에 휘발유를 끼얹어 불을 붙였고
잡혀 올 때마다 배 속의 아이가 하나씩 늘어났다는 이야기
36도를 오가는 창밖 더위는 후끈거렸다

흔들리며 항해를 해온 이야기들
없는 사람이 없다

승진한 친구는 바빠서

또 어떤 친구는 아파서 동행하지 못했다

우물 마르듯

해가 갈수록 동참하지 못하는 친구들이 늘어날 것이다

오늘은 폭풍이 없어서 가장 좋은 날이다

우물에 떨어지는 두레박 소리에

까르륵 넘어가는 파도 소리

블루와 화이트로 색칠한 이상향 같은 언덕이

가까이 보이기 시작했다

굴러라, 바위

시시포스 산을 지난다
나무 한 그루 보이지 않는 바위산이다
신화가 현실로 펼쳐지는 고린도 마을
신화 속 사내는 뒷발에 힘을 준 채 바위를 굴려 올리고 있다
근육들이 포도 넝쿨처럼 자란다

왜 주장하지 않았을까
제우스가 아이기나 납치하는 것을 보았다고
메마른 고린도 마을에 샘이 솟게 하는 대가로
강江의 신에게 딸의 행방을 알려주었다고

바위가 바닥을 향해 다시 굴러 내리고 있다

시시포스, 무슨 생각을 하는 걸까
정상에 바위 굴려 올리는 시간을 줄이는 방법
신체의 고통이 덜 가는 자세를 취하는 방법
그 방법들이나 고민하는 생활의 달인이 되어
무한 반복의 형벌을 즐기는 걸까

시시포스 산 정상에 웅덩이를 먼저 파 놓았으면 어땠을까
수석을 나무 조각 위에 앉혀 놓듯
보름달 같은 바위를 정상에 턱 올려놓고
제우스를 한 번 더 희롱했으면 어땠을까

바람의 나라에서
시시포스를 생각한다
하데스를 속여 지하 세계를 빠져나오듯
기죽지 않고 운명을 망신 주는 방법
아픈 경험이 실수로 반복되지 않는 방법

바닥에 뱀처럼 똬리를 틀고 자라는 고린도 마을의 포도
넝쿨처럼
바람에 대항하는 처세술

안간힘으로 바위를 밀어 올리는 밤이다
굴러떨어질 테면 굴러라, 바위
그래도 나는 웃을 것이다
정상에 보름달을 얹어 놓을 것이다

숲 테라피

아랫배가 홀쭉하도록 호흡을 뱉어낸다
나무가 나의 날숨을 받아 마시고
자신의 숨을 나에게 준다
나무와 탁구공처럼 호흡을 주고받다 보면
내 안에 나무의 숨이 자라는 것 같다

숲이라는 글자를 가만히 들여다보면 집이 보인다
기둥을 세우고 대들보를 얹어 지붕을 씌운 집
집을 잃어버린 사람들은
숲을 잃어버린 사람들이다
숲을 잃어버린 사람들은
집을 잃어버린 사람들이다
그 사람들, 숲에 와서 숲처럼 누워 있다

엉덩이도 툭
어깨도 발끝도 내 것이 아니라는 듯 툭, 내려놓는다

귓속 가득 들어오는
시냇물 소리, 매미 소리, 새소리,

터널 같은 몸을 뚫고 지나간다

냇물에 손 헹구듯

생명의 소리에 귀를 헹군다

참으로 많은 소리가 할퀴고 간 마음

그 상한 마음을 산새 소리가 콩알처럼 집어내면

시냇물이 이리저리 흔들어가며 씻어내고 있다

원형으로 나를 둘러싼 초록의 가지들

열에 들뜬 이마에 물수건 얹어놓고

근심 어린 눈으로 내려다보던 엄마의 얼굴 같다

솔잎처럼 찌그린 미간을 햇살이 간질이고 있다

인공눈물을 넣어주던 시린 눈에

초록이 가득 담겼다

초록이 바라보는 집으로 이제 돌아가야겠다

죽음의 얼굴 만나기

담겼다, 항아리에
3천 년 동안 꺼지지 않은 불씨
그 불씨를 나무에 옮겨 붙이는 사람이 있다

불을 쬔 손으로 얼굴을 씻어낸다

물고기 닮은 배 위에
물고기 비늘 닮은 장작이
물고기 비늘처럼 쌓여 있다
노란색과 붉은색 꽃다발로 치장한 시체가
장정들 어깨에서 또, 내려온다

불길이 여기저기서 무덤처럼 타 오른다
엎드린 채 화장터의 불길을 바라보는 소들
이승에서 이미 구원받은 소들은
불길이 타올라도 울거나 요동하지 않는다

화장터 옆엔
유해와 함께 던져진 금붙이를 찾기 위해

잿빛 강물을 휘젓는 사내들
잿빛 강물에 목욕하는 사람들
불타는 시체의 발목을 뜯어먹는 개들
그 풍경을 지켜보는 관광객들

모두, 죽음의 얼굴을 이면에 가지고 있다

잿빛 갠지스강에 잿빛이 된 몸을 씻고
꽃등을 띄워 보내면
불씨처럼 꺼지지 않는 마음의 고통이
사그라들기는 하는 걸까
고통을 잘라내는 죽음
그 후의 마음은 또 어디로 가는 걸까

코브라의 목을 일으켜 세우는 피리 소리에
똬리 튼 상처가 먼저 일어선다
죽음의 얼굴을 만나기 위해
사람들이 모여드는 갠지스강에서

모자람의 행복론

행복은

교장인 내가 스웨터를 뒤집어 입는 일이다

그런 줄도 모르고,

중학교 동창들을 만나 점심을 먹는 일이다

친구가 슬며시 불러내 충고해 줘도

아무렇지 않은, 어릴 적 친구들과

주말 한때를 보내는 일이다

돌아오는 차 안에서

내가 먼저 그 얘길 다시 꺼내고

나의 실수를 즐거워하며 웃음폭포를 쏟아내는 친구들과

너무 웃어 눈물을 찔끔 흘리는 일이다

행복은

내가 내 차의 문을 열다 내 얼굴을 찍는 일이다

광대뼈에 염색된 쪽 빛 멍을 내밀기도 전에

출근 첫날

투명 출입문에 얼굴을 박고

밤탱이 얼굴로 기념사진을 찍어야 했다는 친구의 고백

각자의 실수를 입담 섞어 자랑하는

거울 같은 친구들

유리창에 부딪히는 새처럼

나만 모자란 게 아니구나 안심하는 일이다

그러니까 행복은

실수 끝에 장전된 웃음을 구름까지 쏘아 올리는 일이다

행복은

화장실 혹은 여기저기에 핸드폰을 두고 오는 일이다

그걸 찾으러 뛰어가는 친구를 기다리며

냉장고 앞에서 무얼 꺼내러 왔는지 몰라 한참 서 있었던 일

핸드폰을 들고 핸드폰을 찾느라 부산 떨었던 일을 떠올리

는 것이다

실수를 해도 웃을 수 있는 건

노을의 손을 잡고

집으로 함께 돌아갈 친구가 있다는 것이다

해묵은 된장처럼 잘 발효된 친구들

내 마음에 건너와 가라앉는 시계

꽃을 만지고

열매를 만지던 손으로

눈을 쓸고 있습니다

이제 무엇을 하지?

어떻게 살아야 할까?

빗자루질을 멈추고 하늘을 바라보는 그

정년을 앞둔 그가 불쑥 내뱉는 말 속으로 들어가

눈송이들은 꽃들을 잠재우는 요일이 됩니다

무엇과 어떻게가 끓는 파도처럼 한꺼번에 달려들었습니다

귓불을 치며 뒤척이는 소리가 밀려왔다가

계절의 혈관을 타고 빠르게 흘러 나갑니다

겨울과 겨울 사이에서

실오라기 같은 봄을 빼내

그는 '무엇'을 다시 만들고 싶었는지 모릅니다

'어떻게'를 다시 꽃피우고 싶었는지 모릅니다

파도 위에 떨어지는 눈송이의 목소리처럼
시계는 바닷속으로 가라앉고 있습니다
세 시와 아홉 시의 눈금이 동시에 파도에 잠겼습니다

손가락을 건 날짜에 무수한 동그라미를 치는 것처럼
눈송이들은 떨어집니다.
꽃들을 다시 깨우겠다는 약속일까요?

깊이를 알 수 없는 곳에서
시작을 알 수 없는 곳에서
눈송이들이 쏟아집니다.

마른 가지가 눈송이의 무게를 못 이겨
주저앉는 밤
바닷속으로 가라앉는 시계의 떨림이
망망한 내 마음에 건너와 뒤척이고 있습니다

달의 이력

저 달의 벌판에는
여러 개의 시계를 끌며
앞으로 나가는 사내가 살고 있다
시간의 포승줄에 묶여
몸은 늘 시간보다 앞서 기울어 있고
뒷발에 힘을 주며 버티는 사내의 허리는
휘어져 있었다
피 흘리고 있었다

다가가 마주 서면 바로 뒷면이 되는
시간은 늘 손에 땀을 쥐게 하는 어려운 숙제였다

민들레 홀씨처럼
흩어져 날아가는 시간

세상이 너무 환해서
앞이 더 캄캄하게 느껴지던 날
더듬거리는 두 손에 묻어나던 두려움

폐기된 날짜들은
달의 이면에서 빗금 그으며 쌓여가는 먼지가 된다
사내의 허리춤에 매달린 시계가 된다
홀씨가 된다

발끝에 힘이 풀려 주저앉은 나를 일으켜 세워
이곳까지 이르게 하는
시간의 궤도보다 앞서가며 싸우는
먼지 같은 시간의 힘

폐기된 날짜 뒤에는
그믐달처럼 벗겨져
새살 돋는 날들이 늘 있었다

세4부
리을의 노래

샘물의 감정

눈앞에 떠도는 의문들을 닦는다

언제부턴가 검은 빗방울이 눈에서 떨어지지 않는다

가끔은 그 빗방울 속에서 길을 잃었고

가끔은 그 흐릿함 속에서 더 선명해진 나와 만나곤 했다

습관처럼 흘러내린 안경을 손가락 끝으로 밀어 올린다

사이프러스 나무가 늘어선 길 끝

소실점에서 만나는 빨간 지붕이 더 흐려졌다

안경을 바꿀 때마다

페달을 밟으며 굴러가는 자전거처럼

나이테가 늘어간다

눈에도 옹달샘이 있다

새소리나 바람 소리,

목마른 짐승의 허기가 고이는 샘이 아니다

마음을 차지했던 것들이 빠져나간 자리

바람이 할퀴고 지나간 자리에 고여 흐르는 샘이다

흘러야 회복이 되고

흘러야 무겁지 않은데

언제부턴가 그 샘물이 말라 흙처럼 버석거린다

인공의 눈물을 넣고

고이라고, 울어보라고 재촉하지만

샘물의 감정은 더 이상 요동하지 않는다

눈물의 샘이 마른 뒤에는

눈보다 마음에 고이는 것이 더 많아졌다

섭섭하고, 그립고

안쓰러운 것이 더 많아져

눈보다 마음이 먼저 아프다

눈을 위해 다리가 되어주고

눈을 위해 의자가 되어준 두 귀와 코처럼

조건 없는 하루를 받아 든다

오늘 하루, 무엇을 위해 살아야 하나

눈앞에 떠도는 물음표를 닦는다

우수수, 그 말 없는 무게

털신 한 켤레
신발장 구석에 놓여 있다
몇 년 전, 마지막 겨울을 함께 걸었던 그날 이후
한 번도 말이 없었다
먼지를 털며 조심스레 들어 올리는 순간
잿가루처럼 낡은 시간이 우수수 떨어져 내렸다

묻어 있던 흙, 뒤꿈치의 물집
빗물 고인 횡단보도까지
날마다 닳아 없어지던 연대기
무너지는 건 신발이 아니라
그 안에 눌려 있던 심장의 말들이었다

그는 이 털신을 신고 몇 번의 겨울을 건넜다
지인의 장례식장, 후동리 마을 회관, 춘천 정형외과
다 그 한 켤레로 쳇바퀴를 돌았다

바깥쪽 굽이 안쪽 굽보다 더 기울어져 있었다
수평을 위해 기울어진 비대칭 체온

그건, 한쪽으로 고개 숙인 채

걸음보다 더 깊은 버팀을 품고 있었다는 말이다

털신은 그렇게 떠났다

이제 다신, 평생을 전전하던 밑바닥에

닿을 일 없다

그래서 닿을 일도 없는 발의 자리를

털신은 끝까지 안고 삭아갔던 것이다

누군가의 무게를 다 삼킨 후에야

비로소 바닥에 자신의 자리를 내려놓은 것이다

닳는다는 건

사라지는 게 아니라는 거

끝내 버티는 운명의 안쪽이라는 거

우리는 그렇게 닳으면서 삭아간다는 걸 알았다

우수수, 그 말 없는 무게가 바닥에 쏟아지는 소리를

빗자루로 쓸어 모은다

봄, 2025

나무 끝에 앉은 구름 속 나비*보다

불씨가 먼저 날아올랐다

회오리바람이 숨을 몰아쉬고

산등성이를 붉은 혀가 핥는다

불은 방향을 묻지 않는다

타오르며 존재를 확인할 뿐

도깨비들은 따개비 마을을 잰걸음으로 헤집고 다닌다

불길과 반대 방향으로 등 돌리고 뛰는 사람들

60대 아들에게 업힌 90대 노모의 등에 총알처럼 불길이
붙었다

마스크를 뚫고 스며드는 매캐한 연기

산 사람의 목구멍을 태우며

우듬지에서 우듬지로 불꽃이 날아다녔다

누군가는 문을 닫기도 전에 모든 것을 잃었다

한쪽 기둥이 무너지면

다른 쪽 기둥도 여지없이 내려앉았다

밤새 마을을 태운 도깨비는 입맛 다시듯 열기를 토했고
그을린 개처럼 엎드린 지붕은
잿빛 울음을 울었다

사람들은 집을 짓고 울타리를 만들지만
자연은 그 경계를 기억하지 않는다
도깨비춤을 추며 경계를 뭉개고 삼킨다
집요하게 바람 속을 비집고 드는 불의 길 앞에
온갖 타들어 가는 것들의 비명
무엇이었는지 형체를 알 수 없는 것들이
부서지고, 그을린 채
공중에 매달리거나 바닥에 나뒹굴었다

쿨럭이며 기침하던 경운기가 사라졌다
그늘이 되어주던 천 년 느티나무와 사찰
어슬렁거리던 개와 고양이가 사라졌다
뻐꾸기 노래를 품은 산과 들
마을의 집들이 사라졌다

흔적을 남기지 않는 도깨비들
이제 우야노?
폐허의 자리엔 꺾인 무릎과 통곡의 질문만 남았다

노을이 불탄다고
단풍이 불길처럼 번진다고
그런 말, 이제는 입 밖에도 내지 말아야겠다
비유로 부를 땐 시가 되던 불이
이름 가진 모든 것을 지워버렸다

잿빛 연기인지 황사인지 하늘의 목구멍이 노랗다
이 봄, 구름 속 나비는 끝내 날아오르지 못했다

* 고운사 가운루를 이르는 말.

사막에 달빛이 새나

잊히기 위해 태어나는 눈동자는 없다

혼자 걷기에도 숨 가쁜 언덕을
전봇대에 매달린 가로등이 비춰주고 있다

책가방을 멘 엄마는 걸음을 멈추고
포대기를 열어 아기의 얼굴을 확인한다
아기는 봄눈처럼 품 안에서 소리 없이 녹아간다
이별은 감각에 먼저 새겨지는 문신
뺨 위로 떨어지는 눈물이 그 신호라는 것을 아는지
아기는 울기 시작한다
포대기에 얼굴을 묻은 솜털 송송한 엄마도
골목에 주저앉아 어깨를 들썩인다

달빛 같은 젖이 새어 옷가슴을 적시는데
꼭 다시 데리러 올 게
풍선에서 빠진 바람 같이 기약 없는 말
골목을 빠져나간다

울어도 와주는 사람 없으니
어떤 울음은 울지 않으며 크는 법을 먼저 배운다
눈 맞추지 말 것
많이 안아주지 말 것
경고문처럼 새겨진 규칙 아래 머물다
아기는 또 어디론가 떠나갈 것이다
처음의 이별이 눈물이었다면
다음 이별은 형식이 될 뿐이다

철제상자 안으로
작은 울음을 밀어 넣던 손
뒤돌아 뛰어가는 내리막길은 끝없는 사막이었다
굽은 그림자 하나가 모래 위로 흘러내린다

울음소리 들리지 않는 곳
사람들의 시선이 머물지 않는 곳에서
어린 엄마는 귀를 막고
온몸에 흡반처럼 달라붙은 울음을 떼어내느라
평생을 허비할지도 모른다

왜 자신이 베이비박스에 담겨 어둠 속에 있는지
왜 그 문이 닫혔는지
아무도 설명해 주지 않았지만
아기는 아직도 따뜻한 팔을 기억한다
볼 위로 떨어지던 눈물이
누군가의 살점 같은 기도였다는 것을

파도가 쓰고 간 편지

바다는 매일 같은 말을 적어 내게 편지를 보내요

부서지면서도 한 자 한 자 정성스레

모래 위에 눕는 그 문장들

내 발바닥이 읽기도 전에 지워지곤 하죠

어쩌면 이건, 세상이 나에게 쓰는 편지인지 몰라요

조금 늦게 도착한 안부

아직 다 전하지 못한 용서

오래 꺼내지 못한 이름

넘어지고 나서야 알게 된 다짐들

파도에 적어 보내면

파도는 몇 번씩 넘어지고 휘어지면서

나에게 답장을 주었어요

오늘은 어둠이 배경인 송정해변

소나무 숲을 걷다 편지를 받았어요

하늘과 바다는 하나의 편지지

바다는 더 이상 넓지 않았고

하늘을 더 이상 높지 않았어요

몇 갈래의 물줄기가

몇 갈래의 마음들이 쌓여 저 바다를 만들었을까요

생각의 솔숲을 걷다 바다 쪽으로 고개를 돌리는 순간

나는 깜짝 놀라 멈추어 섰어요

회색의 하늘이 벽처럼 밤바다 위에 서 있었어요

깊이를 알 수 없는 벽이

나와 함께 걷고 있었던 것이지요

나는 자주 말했지요

내 생각과 같지 않다고

그건 나도 상대방 생각을 흘려보냈다는 뜻

어떤 벽은 마음 안에서 먼저 자라고 두꺼워집니다

갑자기 발견한 벽 앞에서

머리를 쾅 때리는 편지 앞에서

나는 파도 소리에 발이 걸렸습니다

시간장터

풍물장터 입구엔 시간을 파는 할머니가 있다

뒤통수를 내미는 어제 저녁이
할머니 칼질에 얇게 저며진다
이건 꿈에서 자주 사용한 거라
조금만 수리하면 아주 좋아질 거예요
검은 비닐에 담아주는 시간이 바람처럼 가볍다

시간을 덜어 저울 위에 얹는다
가볍게 떨리던 저울 바늘이 멈추어 선다
가장 무거운 건
다시는 부르지 못할 이름이
베개 밑에서 식어가던 밤이다

벚꽃 같은 아이들
유통기한 지난 새벽을 책가방 가득 골라 담는다
천막 사이에서 튀어나온 고양이 한 마리
생선 토막처럼 비린내 나는 오늘을 물고 사라진다

바구니에 작년 봄을 담아 놓고

졸고 있는 노인

뿌리가 마르고 시든 저 봄을 다 합하면 얼마나 될까?

몇만 원도 안 되는 물건을 놓고

장터를 떠나지 못하는 저녁

저기요, 벚꽃 흔들던 바람과 쏟아지던 꽃비

아직 남아 있나요?

행인의 흥정보다 봉지를 먼저 꺼내는 손이 분주하다

나는 손에 들린 지금을 내려놓고

아주 오래전 푸른 목소리를 흥정해본다

할머니는 젖은 눈빛으로 고개를 젓는다

그건 이미 다른 사람의 미래가 되었어요

파장을 알리는 방송이 흐르고

아직 팔리지 않은 시간들

지퍼 채운 전대처럼 모여 앉아

서로의 그림자를 베껴 쓰다 잠이 든다

어떤 건 아직 태어나지 않았고

어떤 건 너무 오래 울어서
국수가락처럼 불기도 했다

통나무로 된 키다리 도마는
장터 한가운데서 비린내를 흘린다
비닐 앞치마를 두르고
젖은 날들을 토막 내어 팔던 이들은
어느 장터를 향해 떠났을까

ㄱ자로 꺾인 그림자가
파장한 물건과 강아지를 유모차에 싣고
사다리 같은 건널목을 건너간다
그 그림자는 밤새 가격표를 다시 붙일 것이다
아침마다 가격이 달라지는 시간 바구니를 앞에 놓고
또다시 사람들을 기다릴 것이다

우린 고도 안에 갇힌 거야*

잎이 모두 떨어진 버드나무 아래서
고도를 기다립니다
주변엔 아무것도 없고
당신은 한쪽 신발을 벗은 채 바위에 앉아서
고개를 떨어트리며 졸고 있습니다

달빛은 저 혼자 팔짱을 낀 채 오래 서성이다 돌아갑니다

당신이 벗어놓은 상처투성이 신발
어쩌면 당신의 신발이 아닌지도 모르겠어요
아프냐?
안녕이란 인사말 대신 아프냐, 고 물어오면
통증이 조금 사라지는 것 같습니다
누가 때렸니?
누군가 내게 물어봐 준다면
이 상처도 조금은 가벼워지겠지요

고도는 왔다가 갔는지
오늘 오는지, 내일 오는지, 어디서 오는지

살아가는 일은 기다리는 일이어서
희망에 속으며 기다리는 일이어서
인생을 고도라 불러 봅니다

양손에 짐을 들고 기다리고
죽은 자들의 목소리를 생각하며 기다리고
날이 저물기 전에 기다리고
행복하니 물으며 기다리고
이제 뭘 해야 할까, 고민하며 기다리고
내일은 좋아질 거야 주문 걸며 기다리고

고도가 돌아오길 기다리고
고도가 돌아가길 기다리고

기다리다 지루하면
우리 목이나 맬까, 그런 생각을 하기도 합니다
그럴 땐 생각의 모자를 벗어 툭툭 털어 내야 합니다
모자의 안팎에서 개미처럼 쏟아지는 생각은

대체 무슨 생각을 하는 건지 모르겠습니다

가자, 라고 말하며 당신이 손을 내밉니다
이제는 그 손을 잡아도 괜찮을 것 같은데
고도를 기다려야 한다고 나는 또 말합니다

가부좌 같은 팔짱을 낀 채 서성입니다
오늘은 버드나무에 잎이 하나 돋았고
보름달이 가지 끝에 걸렸습니다
고도의 손을 잡은 그림자가 무대 위에 갇혔습니다

* 사무엘 베케트의 『고도를 기다리며』에서.

물의 음표

바다는 울음을 먹고 자라는 짐승
밤마다 파도는 부서진 이름을 실어 나릅니다

바다에 오면 눈물은 물음표가 됩니다
물음표는 물의 음표
바다는 그 음표들을 받아 삼키며
수천 개의 심장마다 박동으로 음표를 새겨 넣습니다
갈매기와 뱃고동의 함성
모래사장에서 지워지는 발자국들의 리듬
귀를 대면 들리는 소라 껍데기 속 고래의 노래까지

파도는 울음들을 헹궈 내려
가슴을 열고 출렁입니다
파도는 오래 참은 울음
오래된 음표가 되겠지요
심장은 낮은음자리표로 뛰고
바다는 그 뛰는 소리로 물음표에 답을 하며
스스로를 치유합니다

이 짐승은 성자처럼

어떤 울음도 거부하지 않습니다

채찍을 맞으며 제 몸이 부서지더라도

십자가처럼 팔을 벌리고 섭니다

그래서 바다 앞에 서면

나는 조금 울어도 괜찮습니다

상처의 끝에서 시작되는 노래

눈물 너머에서 피어나는 멜로디

나는 물의 음표를 따라

송정해변을 걷고 또 걷습니다

너를 바라보는 법을 아직 배우는 중이다

강릉으로 향하는 출장길

일정표에 들어 있기라도 하듯

나는 조금 일찍 도착해 안목항에 들러요

바다를 바라보며 마시는 커피 한 잔,

손끝은 따뜻하고

가슴은 묘하게 울렁거립니다

바다는 나에게 꿈같아서

손에 잡히지도

발을 쉽게 담글 수도 없어요

너무 넓어서,

내가 하는 말들

내가 꾸는 꿈들

모래알처럼 작고 가벼워 보여

아무 말도 할 수 없게 됩니다

바다는 늘 여기 있었지만

나는 한 번도 같은 마음으로 바라본 적이 없습니다

모래 위를 걷는 발바닥이

매번 다르게 젖듯

오늘의 바다는 어제보다 조금 더 낯설기만 합니다

그래서 바다에 오면

나는 아주 먼 곳으로 여행 온 기분이 들지요

안녕, 오늘의 너는 어떤 숨을 쉬고 있니

안녕, 오늘의 나는 어떤 눈으로 너를 보는 걸까

파도는 매번 같은 몸짓으로

다른 이야기를 꺼내 놓고

나는 그 말들을 하나씩 주워 주머니에 담습니다

어쩌면 바다는 끝나지 않는 시詩

도착하지 않은 문장

내가 다 읽지 못한 엽서인지 몰라요

새로 도착하는 낯선 문장 앞에서

나는 투명해지는 중이랍니다

대

대는 대나무처럼 속이 비어 있는 말이다

롯데타워 전망대展望臺에서 서울 시내를 내려다본 적 있다

점들의 분포도를 펼쳐놓고

개미 발자국 같은 내 발자국을 찾기 위해

허와 공 사이를 뒤적이다

공과 허를 툭, 떨어트렸다

대나무는 허공을 내복처럼 껴입는 방식으로 자란다

그 대나무처럼

대代라는 글씨를 쓰고 도장을 찍은 적 있다

잠시 대의 주인이 되어 인주를 꾹 눌러 찍으면

서류 귀퉁이에 꽃잎이 피어나고

대금의 운율이 흘러나오는 것 같기도 했다

전망대 시점을 갖기 위해

대 vs 대의 경쟁 구도에 서서

벌레들처럼, 아니 벌레가 되어

밟히기도 하고, 발을 걸기도 하며

그러니까

대는 죽창에 찔려 피 흘리는 말

언니의 옷을 물려 입은 것처럼 낡고 헐렁한 말

상대를 낮춰 나를 높이는 종결 어미,

하수들의 말이다

대代의 잎이 떨어진 의자에 앉아

밀고 올라오는 마디들을 본다

공과 허를 내복처럼 껴입고

바람이 불면 가볍게 휘어지는 대나무가 되어

리을의 노래

ㄹ을 써놓고
나는 모서리를 생각해
막다른 골목을 생각하고
터널을 생각하고
미로를 생각해

리을이라 발음하면
노을이 퍼지는 것 같고
물결이 흐르는 것 같은데
철근처럼 딱딱하게 굳은 몸을 가진 리을

막다른 골목이라 할지라도
앞길을 예측하기 어려운 미로라 할지라도
풀어놓은 실타래 따라
왔던 길로 되돌아가고 싶지는 않아
여기가 터널이어도
나는 여기, 지금이 좋아
그냥 앞으로 가고 싶어

막혔다고 생각했던 길도
막상 달려가 보면 이어져 있었어

꺾이면서 익어 가는 게 삶이라면
기꺼이 꺾여서 모서리를 돌아가겠어
기꺼이 꺾여서 낮아지겠어

ㄹ은 자기 자신이야
입구도 출구도 내 안에 있어
문제도 정답도 다 내 안에 있듯이 말이야

무릎 꿇고 마루를 닦고
무릎 꿇고 기도하는 리을
리을에는 패배가 아니라 경건이 들어 있었던 거야

이 가을
풀벌레처럼 쓸쓸한 리을의 노래를 숨죽이고 들어 봐
자신을 찾아가는 리을의 노래

별의 씨앗

사람이 죽으면 별이 된다는 말
문득, 내 가슴을 그으며 별똥별처럼 지나갔습니다

그렇다면 우리는 모두, 별이 되기 위한 씨앗일까요
밤하늘은 한 사람의 일생을 심은 텃밭
심장이 타서 까맣게 익은 전생의 씨앗들이
별빛으로 발아하는 곳이지요
아주 예전에 돌아가신 할아버지, 할머니, 그리고 엄마까지
밤하늘에 조용히 파종되어
매일 밤 저렇게 빛나고 있었던 것입니다
그래서일까요
저 별을 바라볼 때마다
알 수 없는 그리움에 눈시울이 젖곤 했습니다

나는 오늘도 초록별에 앉아서 생각합니다
나는 어떤 별의 씨앗이 되기 위해
봉투 속 같은 세상을 이리도 외롭게 건너는 걸까요?

별 모양의 시금치 씨앗

잘린 손톱 같은 코스모스,

한낮의 햇살 냄새 품은 상추 씨앗들을 심는 계절

하늘 모퉁이를 호미로 파헤치면

구름 냄새 눅눅하게 올라오고

손등엔 달빛이 흙먼지처럼 내려앉습니다

대지를 열고 올라오는 민들레처럼

언젠가 나도

밤하늘을 뚫고 일어서는 별의 싹이 되겠지요

어느 날, 유난히 반짝이는 별 하나

새벽바람에 떨고 있거든

그게 나라고 생각해 주면 좋겠습니다

말의 힘과 자연의 비유

이재훈

(시인, 문학평론가)

시인에게 언어라는 기호는 몸과 같은 존재이다. 시인이 세계와 소통하는 매개체는 언어를 통해서만 가능하다. 시인이 시적 대상을 언어화할 때 비로소 대상은 존재를 가지며 의미를 띤다. 시인에게 언어(말)는 존재 증명이며 세계관의 전부이다. 특히 시적 언어는 시라는 장르적 특성 때문에 세계를 시인의 힘에 의해 상징화하며 신화화한다.

시인은 사유의 힘을 가지고 있다. 이 세계를 부패한 언어로 쓰면 세계는 부패해지며 인간의 몸도 부패해진다. 시인이 기록한 세계가 그리움과 성찰에 기반하여 따스한 정서의 온도를 가진다면 세계는 평화로운 회해의 공간이 된다. 시인의 몸은 세계를 해석하고 감각하는 언어의 실현체이다. 옥타비오 파스는 "말은 인간 자신이다. 우리는 말로 이루어져 있다. 말은 우리의 유일한 실재이거나 혹은 적어도 우리의 실재를 표현하는 유일한 증거"(『활과 리라』, 김홍중 역, 솔)라고 했다. 시인이 감각하는 언어의 사유는 시인의 존재를 표출하는 가장 중요한 건축물이다.

송연숙은 언어의 빈 공간과 아직 시작하지 않은 언어의 내부를 사유한다. 그리움의 정서가 언어화되기 전의 시간을 이리저리 배회한다. "허공 가득 말풍선 같은 시詩의 등불을 내걸어야" 하는 시인은 그리움이라는 정서를 통해 "밤안개처럼 스며드는 감정"(「저녁의 효과」)을 잘 전달한다. 그러나 그리움을 호명하는 순간 언어가 가진 과거의 신산한 삶으로 채색되는 시간 의식은 시인의 존재를 증명하는 바코드이다.

시인이 그리움을 호명할 때 보게 되는 이미지는 자연의 경이이다. 시인의 자연은 인간을 성찰하는 비유의 대상이다. 송연숙은 언어의 회귀와 벚나무에 내려앉은 눈꽃과 하늘의 구름과 내리는 빗방울을 통해 "나뭇가지들은 하늘로 뛰어오르"고 싶다는 비상의 욕망을 마주한다. 또한 "어깨를 펴고 곧게 서고 싶은 꿈"과 "눈이 꽃으로 태어나길" 기다리는 순정을 바라보며 "벚나무에는 눈꽃의 DNA"가 존재한다는 시적 개안을 한다.(「눈꽃의 DNA」) 눈꽃이 앉았던 자리에 벚꽃이 핀다는 자연의 이치는 시인의 비유를 통해 감동적으로 전달된다.

다 타지 않은 말 하나

불씨처럼 쥐고 서 있습니다

바닥에 엎질러진 말들 사이로

흘러내린 커피의 체온이 식고 있어요

나는 건조대에 널린 하루를 털어 말리고

바다가 보이는 버스 정류장에 앉아

다 읽지 못한 메시지를 열어봅니다

비워 놓은 말풍선처럼

견디는 자의 하루에는 박수가 없습니다

버스 창에 비친 내 얼굴을

수평선이 자르며 지나갑니다

유리컵에 남은 마지막 물기처럼

나는 흐리고 작아지다 사라집니다

하루가 무사히 지나가는 건

어쩌면 그 하루에 다 넣지 못한 말들 때문일지 몰라요

말은 불입니다

꺼내지 않으면 내 속을 태우고

함부로 꺼내면, 타인의 속을 태웁니다

그대를 태운 말의 씨앗이 무엇인지 몰라

버스를 타고 해안선을 돌 듯

그대의 마음 곁을 돌고 또 돕니다

꺼내 놓지 못해서

비어 있는 말풍선에 매달린 나의 하루가

젖은 구름이 되기도 하고 빗방울이 되기도 합니다

—「말풍선 속에 그대 이름을 적었어요」 전문

시인에게 말은 그리움을 전달하는 매개체로 기능한다. 그리움을 호명하고 싶은 시적 주체는 말을 통해 시인의 정서를 전달하고 싶은데, 그 말은 말풍선이라는 사물을 통해 상징적으로 그려진다. 시인은 이미 말에 대한 자의식으로 충만돼 있다. "타지 않은 말"이나 "바닥에 엎질러진 말"이 시인의 자의식과 연관되어 이미지로 드러난다. 시인은 메시지를 열어보거나 말풍선을 비워 놓는 행위를 통해 타자에 대한 타전의 의사를 전달한다. 시인이 그리워하는 대상은 아직 말을 다 전하지 못한 미완의 메시지를 안고 있는 존재이다.

시인은 "말은 불"이라는 성찰적 진술에 이른다. "꺼내지 않으면 내 속을 태우고/ 함부로 꺼내면, 타인의 속을 태"운다는 전언은 말이 가진 본질적 속성을 깨우치는 것이다. 주체와 관계된 그대라는 타자는 "말의 씨앗이 무엇인지 몰라/ 뾰족해진 그대를 어떻게 달래야 할지도 모르"는 존재이다. 그렇기에 그대의 주변을 돌고 도는 행위를 한다.

시인의 언어에 대한 자의식은 성찰하는 말이며 이는 가장 힘 있는 언어로서 존재한다. 시인은 말이 가진 함의를 인식하고 말의 잉여를 제시한다. 시인에게 말은 "꺼내 놓지 못해서/ 비어 있는 말풍선에 매달린 나의 하루"를 통해 간신히 한 편의 시가 될 수 있는 것이다. 시에서 "젖은 구름"과 "빗방울"은 '시'라는 말과 다름 아니다.

연필 자루에 구름을 돌려 감으면 솜사탕이 된다

솜사탕처럼 달콤했다, 나의 첫 글공부
엄마가 맨 윗줄에 써 놓은 글씨를 반복해서 따라 쓰면
깍두기 칸마다 들어차던 뭉게구름
혀를 내밀고 침을 묻혀가며 맨 처음 맛본 단어는
어머니 아버지였다

세월은 연필심처럼 쉽게 뭉툭해졌다
무릎이 닳은 연필은 계단에서 넘어진 채
사람이 나타나기를 한 시간 넘게 기다렸다 한다
ㄱ자로 구부러진 계단에서
ㄱ자로 구부러진 기억은
허리를 뒤로 젖혀도 펴지지 않았다
수시로 자식의 이름과 모습을 감춰놓곤 하였다

꽁지에 달린 지우개는

걸어온 길들을 뭉텅뭉텅 잘라먹으며 사라졌다

얼룩을 쌓아놓은 지우개 똥이

기저귀 안에 수북하다

필통 안 같은 세상에서 흔들리다

골다공중에 걸린 검은 뼈

조금만 힘을 줘도 쉽게 부러지기 일쑤였다

흑심을 감춘 자식의 속은

이미 부러져 있어도 알 수 없었고

아버진 수 없이 제 살을 깎아내며 몽당연필이 되어갔다

몽당연필을 모나미 볼펜 자루에 끼워 쓰던 시대는 지났다

책상 서랍에서 잊혀진, 어쩌면 버려진 아버지가

등을 돌리고 누워 계신다

난간을 붙잡고 안간힘을 써도

계단 높이만큼 올라가지 않는 발목

연필 자루처럼 마른 그 발목에 구름 붕대를 감아 드린다

구름의 스텝처럼 가벼워지소서

—「구름 붕대」 전문

언어는 사물을 지시하는 대상이면서 언어 자체에 대한 사유를 하는 몸이기도 하다. 인간은 최초로 언어를 만나면서 세계를 인식한다. 시인은 "첫 글공부"에서 "엄마가 맨 윗줄에 써놓은 글씨를 반복해서" 따라 쓰면서 뭉게구름을 만난다. 언어를 만나는 시간은 세계를 만나는 시간이며, 세계를 지탱하는 사물을 만나는 시간이다.

언어는 세계를 해석하는 메타적 의미로서만 기능하지 않는다. 삶을 성찰하고 연결해 주는 인식의 촉매가 언어이기도 하다. 언어를 연마하는 "연필심"은 시간이 지나면 쉽게 뭉툭해지는데 이런 사소한 현상은 인간이 누구나 겪는 세월과 닮아 있다. "꽁지에 달린 지우개"는 "걸어온 길들을 뭉텅뭉텅 잘라 먹으며 사라"지는데 이는 삶의 지나온 시간(흔적)을 성찰하는 매개체이다. 필통은 "골다공중에 걸린 검은 뼈"로 형상화되면서 "조금만 힘을 줘도 쉽게 부러지기 일쑤"인 삶의 이치를 전하는 시적 대상이다. 아버지는 "제 살을 깎아내며 몽당연필"이 되어가며 희생의 의미를 전하고, 흑심은 "자식의 속"으로 비유된다.

사람이 언어를 처음 만나면서 갖게 되는 글씨, 연필, 지우개, 필통, 흑심 등은 모두 우리 삶을 성찰하는 도구이다. 시인이 시적 대상을 특별한 곳에 기대지 않고 우리 주변에서 흔히 볼 수 있는 소재를 통해 인간사를 비유하는 것은 이 세상의 모든 언어는 성찰의 대상이라는 것을 간접적으로 시사하는 지점이다.

ㄹ을 써놓고

나는 모서리를 생각해

막다른 골목을 생각하고

터널을 생각하고

미로를 생각해

리을이라 발음하면

노을이 퍼지는 것 같고

물결이 흐르는 것 같은데

철근처럼 딱딱하게 굳은 몸을 가진 리을

막다른 골목이라 할지라도

앞길을 예측하기 어려운 미로라 할지라도

풀어놓은 실타래 따라

왔던 길로 되돌아가고 싶지는 않아

여기가 터널이어도

나는 여기, 지금이 좋아

그냥 앞으로 가고 싶어

막혔다고 생각했던 길도

막상 달려가 보면 이어져 있었어

꺾이면서 익어 가는 게 삶이라면

기꺼이 꺾여서 모서리를 돌아가겠어

기꺼이 꺾여서 낮아지겠어

ㄹ은 자기 자신이야

입구도 출구도 내 안에 있어

문제도 정답도 다 내 안에 있듯이 말이야

무릎 꿇고 마루를 닦고

무릎 꿇고 기도하는 리을

리을에는 패배가 아니라 경건이 들어 있었던 거야

이 가을

풀벌레처럼 쓸쓸한 리을의 노래를 숨죽이고 들어 봐

자신을 찾아가는 리을의 노래

— 「리을의 노래」 전문

언어는 지시하는 대상에만 국한되는 기호가 아니다. 특히 시인에게 언어는 암호와 같은 개인적 상징을 표출할 수 있는 심오한 말이다. 시인은 "ㄹ을 써놓고"도 모서리, 골목, 터널, 미로를 생각한다. 또한 "리을이라 발음하면" 노을, 물결이 흐르고 "철근처럼 딱딱하게 굳은 몸을 가진 리을"을 만나기도 한다.

이러한 언어의 자의성은 언어에 대한 예민한 자의식이 담

보여서야 가능하다. 시인이 이토록 언어에 골몰하는 이유는
언어가 가진 성찰적 양태 때문이다. 시인에게 삶은 "막다른
골목"이면서 "앞길을 예측하기 어려운 미로"이기도 하다. 이
런 어려운 공간이라 할지라도 시인은 "나는 여기, 지금이 좋
아/ 그냥 앞으로 가고 싶어"라고 단호히 말한다. 왜냐하면 모
든 길은 이어져 있다고 믿으며 "꺾이면서 익어 가는 게 삶"이
라는 지혜를 인식하고 있기 때문이다.

시인에게 'ㄹ'은 단순히 자음의 한 소리가 아니라 입구와 출
구, 골목과 새로운 골목, 터널과 터널 이후의 길, 문제와 정답
을 모두 함축하는 상징적인 자음이다. 그렇기에 "ㄹ은 자기
자신"이라고 얘기하는 것이다. 리을은 스스로 노래하며 성찰
한다. "풀벌레처럼 쓸쓸한 리을의 노래"는 "자신을 찾아가는"
성찰의 노래인 것이다.

    등산로에 늘어선 떡갈나무들은
    가늘고 굵은 너비로 표현된 ISBN이다

    이 한 권의 시집엔 어떤 내용의 시가 적혀 있을까
    표지를 살피고, 목차를 살피듯
    휘어지고 이끼 긴 코드의 떡갈나무들을 만져본다
    기대어 숨을 쏟아 놓기도 한다

    벌레 구멍이 나고 삭기도 한 나뭇잎 詩를 읽으면

안개의 손이 목덜미를 만지는 것 같다

핸드폰 메모장에

정상을 향할수록 숨이 가빠오고

안경엔 성에가 낀다, 라고 쓰면

성에를 성패成敗로 자꾸 자동 변환해 놓는다

푸르고 무성했던 성成의 흔적은 낙엽으로 떨어지고

바람이 지나간 패敗의 흔적은 옹이로 표시된 떡갈나무

그렇다면 이 가을 떡갈나무는

패敗의 흔적만 패로 쥐고 있는 것인가

그런 생각을 하며 걸을 때

도토리 한 알, 머리를 툭 치며 떨어진다

겉모습으로만 판단할 일이 아니라는 듯

뒷사람의 가쁜 숨소리가 들린다

옆으로 비켜서 길을 내어 주거나

발걸음을 재촉해야 한다

도시의 한쪽을 품에 안은 안마산 정상에선

그 어떤 풍경도 만날 수 없다

시집의 행간마다 안개만 자욱할 뿐이다

— 「떡갈나무 ISBN」 전문

손연수은 자주 존재를 증명하는 기표를 적극적으로 사용한다. ISBN은 책의 서지정보가 들어 있는 도서 번호이다. 즉 책의 존재를 증명하는 책의 주민등록증과 같은 역할을 한다. 시인은 자연을 통해 이 세계를 해석한다. 떡갈나무의 ISBN을 헤아리는 것은 자연의 본질을 찾겠다는 시인의 지향점에서 배태된다.

시인은 자연에서 배운다. 한 권의 시집을 통해 무엇을 배울지 시인은 표지와 목차를 살펴보지만, "이끼 낀 코드의 떡갈나무"에서 더 큰 진리를 찾기도 한다. 시인은 이를 "나뭇잎 시"라고 명명한다. 벌레 구멍이 나고 삭아도 "안개의 손이 목덜미를 만지는" 감각으로 시는 자연의 이치를 인식하고 쓰는 것이다.

시인은 핸드폰 메모장을 통해 언어 수집의 과정을 표출하는데 그 과정에는 '우연'이 존재한다. 성에가 성패로 자동 변환되기도 한다. 이런 사소한 사건은 나무의 흔적을 성과 패의 흔적으로 인식하는 새로운 사건의 국면으로 전환된다. 나무의 흔적을 인간의 흥망사와 연결하여 사유하는 것이다. 시인은 끊임없이 성찰해야 하는 사유의 지난함을 알고 있다. 따지고 보면 책은 나무로부터 존재한다. 종이는 나무로 만들어지기 때문이다. 이 단순한 사실이 본질로 향하는 가장 빠른 길일지도 모른다.

정맥을 따라 도는 푸른 빛이 나를 스캔한다

은행 대출계 앞에 앉았다

여러 가지 서류에 서명하고 나니

투명 플라스틱 거치대에 손바닥을 올려놓으라 한다

바이오 정보 등록,

손바닥 정맥이 비밀번호처럼 나를 증명해 줄 것이라 한다

사진을 찍을 때면

손등의 핏줄이 유난히 도드라져 보여

뒤로 감추거나 손등이 보이지 않게 포즈를 취했었다

나이를 숨기지 못해 눈총받으며

나에게서 밀려나던 나의 두 손

아이의 똥 기저귀를 만졌던 손

삼시 세끼의 식탁을 위해

베이기도 하고 데기도 하며 얼룩지던 손

종종거리는 발보다 먼저 일어나고

시린 발을 주무르며 발보다 늦게 잠 들었다

언제나 나의 눈물을 닦아주고 얼굴을 감싸주던 손

마음을 두 손에 모으면 기도가 되던 손

텃밭의 풀 뽑듯 단어를 골라내며

밤보다 늦게 앉아 시를 쓰던 손

떠나는 이의 얼굴을 만지며 흐느끼던 손

궂은일 도맡아 하면서도 늘 뒷전이던 손은

내 몸의 엄마다

골목으로 숨거나 뒤돌아 걷던 길처럼

감추고 싶었던 손은 한 사람의 자서전이다

―「나를 스캔하다」 부분

　주체의 존재 증명은 자신을 독해하는 과정을 통해 이루어
진다. 스캔한다는 행위는 자아를 읽는 행위이며 이 행위를 이
루게 하는 감각은 "손"이다. 손에 드러난 지문은 세계에서 유
일한 나를 증명할 수 있는 실체이다. 서류, 투명 플라스틱 거
치대, 바이오 정보 등은 나를 증명해 줄 도구이다. 시인은 손
에 대한 감각을 섬세하게 늘어놓는다. 기저귀를 만지던 손,
식탁을 차리는 손, 눈물을 닦아주는 손, 기도하는 손, 시를 쓰
는 손, 흐느끼는 손 등은 모두 삶의 곡절을 안고 있는 신산한
삶의 상징 기표들이다.

　우리의 삶은 "천적으로부터 알을 보호하려고 뾰족하게 세
운 가시"(「가시고기」)를 천형처럼 안고 "가시를 더 날카롭게
세워야 했"던 "아비의 서사"를 안고 태어났다. 녹록지 않은 삶
의 사연은 한 개인의 가족사가 아니라 우리 공동체의 공통된
서사였다. 가령 "밥 먹었니, 밥 한번 먹자가 인사였던 시대"(「

모래밥」)를 공유하며 "우리의 밥을, 불쌍히 여기소서"라고 부르짖는다. 즉 밥에 대해서만큼은 종교와 같았던 삶을 살아냈다. "수은주처럼 올라가는/ 대출금리와 월세는 또 어떻게 감당하나"(「계절의 잔고」)라고 걱정하던 오랜 경험 속에서 우리는 잊고 있는 게 있었다. "집을 잃어버린 사람들은/ 숲을 잃어버린 사람들"(「숲 테라피」)이라는 점을 망각한 것이다. 이제는 "초록이 바라보는 집"으로 돌아가야 한다는 본질로의 회귀를 노래하고 있다.

깜박할 사이에 타버린 사골국
급하게 뚜껑을 열어젖히자
냄비 바닥에 눌어붙은 어둠이 쏟아진다

밤새워 핏물을 빼고, 뽀얀 국물이 우러나는 동안
알지 못했다
국물이 심장처럼 졸아들고
구멍 난 뼈가 까맣게 타들어 가는
엄마의 시간이 거기 있었다는 것을

이 세상에 부엌이 없다면
어디서 엄마를 만날까
어떻게 여자를 이해할까
섬처럼 젖은 맨발의 엄마

왕이 나오고, 전쟁이 나오고, 포로가 나오는 부엌의 역사

아일랜드 식탁에 앉으면 섬이 된다 나는

바다도 뭍도 아니어서

바다가 되고 싶었고, 뭍이 되고 싶었다

무엇이 되고 싶었다

나처럼 살지 말아라, 엄마의 당부에도

섬처럼 엎드려

파도가 왕처럼 던져주는 상처를 기를 수밖에 없었다

그래야 하는 줄 알았다

오전 7시가, 정오가, 오후 6시의 돌덩이가

생일이, 명절이, 제사라는 바위가

멱살을 잡고 굴러내려 온다

집게발로 바다를 자르던 꽃게

그 다리를 뚝뚝 분질러 넣고 찌개를 끓인다

엄마처럼 살지 말아라

딸들에게 전하는 부엌의 역사서 같은 말 휘저으며

간을 맞춘다

―「부엌의 역사서」 전문

시간은 성찰로 인도하는 중요한 의식이다. 부엌은 엄마의 공간이며 엄마의 시간이 집적된 장소이다. 사골국은 오랜 시간이 필요한 음식이다. 그 시간은 엄마만이 알 수 있는 비밀의 시간이다. 사골국을 끓이는 오랜 시간 동안 "국물이 심장처럼 졸아들고/ 구멍 난 뼈가 까맣게 타들어 가는/ 엄마의 시간"도 함께 녹아 들어갔다는 사실을 화자는 일깨운다.

엄마는 "섬처럼 젖은 맨발"로 부엌의 세계에서 상상의 나래를 펼친다. 상상은 엄마의 고난을 버텨내는 버팀목이다. 엄마는 "나처럼 살지 말아라"고 하면서 부엌의 가사 노동을 딸에게 물려주고 싶지 않다. 생일, 명절, 제사와 같은 가사 노동이 바위처럼 "멱살을 잡고 굴러내려" 오는 것을 알기 때문이다. "딸들에게 전하는 부엌의 역사서"는 인간해방으로서 여성주의를 가장 현실적이고 진솔하게 드러내는 시간 의식이다.

시간은 흘러가면 돌이킬 수 없는 속성을 가지고 있다. 그런 면에서 비누와 같은 사물도 마찬가지다. 시인은 "닳아 없어지는 게 이렇게 부드러운 일"(「비누」)이라는 희생적 가치를 성찰한다. 비누는 시간이 지나면 작아지고, 온몸을 내주어 제 존재를 무화시켜야 하는 운명을 가지고 있다. 이런 비누는 부엌의 역사를 가진 엄마의 시간과 결을 함께 한다.

시인은 성찰하는 존재이다. 송연숙은 시집에서 자주 시간을 사유하는 성찰 의식을 드러낸다. "민들레 홀씨처럼/ 흩어져 날아가는 시간"(「달의 이력」)은 "생과 사의 간격이 깨진 유리창처럼 투명하고 얇"(「사과나무와 속도」)다는 인간사의 지혜를 간파한다.

아파트 단지 끝, 뜨란채 세탁소엔

시간이 걸려 있다

어제의 회의, 내일의 출장

첫사랑의 원피스까지

출근길, 나는 바짓단의 수선을 맡기며

내일의 발걸음을 한 단 접어 표시해 놓는다

언제 찾으러 올까요?

세탁소 주인은 돋보기 너머로 눈동자를 굴리며

사흘 뒤 날짜에 못을 박는다

교복을 내미는 아이의 찢어진 무릎

매점으로 뛰어가던 발자국과 눈 감기는 수업 풍경이

바람에 묻어 들어온다

한 여인이 체크무늬 코트를 건네며 말한다

이거 명품인데, 언제 얼룩이 묻었는지 모르겠어요

조용히 돌아가는 드럼통 속

알게 모르게 지은 죄 회개하듯

시간은 한 겹씩 헹궈진다

하루에도 수십 번 남의 시간을 펼쳤다 접으며

얼룩을 찾아내는 주인

그날의 슬픔과 허물을 물로 씻긴다

석유 냄새 풍기며 비닐 속에서 말라가는 옷들

차렷 자세로 나란하게 매달려 있다

가만히 손 모은 순례자 같다

이곳에서의 시간이란, 오직

남의 옷자락에 묻은 상처를 꿰매고

어루만지며 씻어주는 일이다

성자처럼

세탁소 한 귀퉁이에 걸려 있는 십자가 아래서

─「시간 세탁소」 전문

시간 의식은 시간도 세탁할 수 있다는 상상력으로 진화한다. 세탁하는 행위는 얼룩이나 때를 씻는 행위이다. 인간은 누구나 흠과 죄를 짓고 그 시간을 속죄하며 살아간다. 시인은 바짓단을 수선하는 사람, 교복을 맡긴 사람, 체크무늬 코트의 얼룩을 지우려는 사람들을 통해 다양한 삶의 세목들을 인식하고 성찰한다.

성찰의 방식은 세탁의 방식을 유비하여 전달한다. 드럼통에서 세탁물이 깨끗하게 씻겨져 내려가듯, "알게 모르게 지은 죄"의 시간도 한 겹씩 헹궈진다는 상상력은 눈여겨볼 만하다.

“얼룩을 찾아내는 구인”은 남의 시간을 살펴보는 자이며 그런 행위를 통해 “그날의 슬픔과 허물을 물로 씻”는 자이다. 이런 세탁의 주최자는 말라가는 옷들 사이에서 “차렷 자세로 나란하게 매달려” 있는 순례자의 모습을 하고 있다. 시인은 세탁의 행위를 순례와 구도의 행위로 유비하면서 “남의 옷자락에 묻은 상처를 꿰매고/ 어루만지며 씻어주는 일”이 성자의 일이라는 점을 시사한다. 세탁소 귀퉁이에 걸려 있는 십자가는 이 모습을 모두 지켜보는 성스러운 사물이다.

송연숙의 시는 삶이라는 바다 한 가운데서 폭풍을 맞아도 다시 일어서는 성찰의 힘을 가지고 있다. 송연숙이 오랜 시간을 거치며 자연의 비유를 통해 건져 올린 노래는 우리를 감동케 한다. “상처의 끝에서 시작되는 노래”(「물의 음표」)가 치유의 힘을 갖는 값진 경험을 독자들에게 오래도록 선사했으면 좋겠다.▨

❘송연숙❘

강원도 춘천 출생. 강원대학교와 동 대학원 석사를 졸업했다. 『시
와표현』과 강원일보 신춘문예를 통해 시단에 나왔다. 2025년 월간
『모던포엠』 평론 부문에 당선되었다. 시집으로 『측백나무 울타
리』와 『사람들은 해변에 와서 발자국을 버리고 간다』 『봄의 건축
가』가 있다. 2023년 제9회 한국서정시문학상을 수상했다. 현재
내촌중학교 교장으로 근무하고 있다.

이메일 : purengang@hanmail.net

현대시 기획선 147

말풍선 속에 그대 이름을 적었어요

초판 인쇄 · 2025년 12월 10일
초판 발행 · 2025년 12월 20일
지은이 · 송연숙
펴낸이 · 이선희
펴낸곳 · 한국문연
서울 서대문구 증가로29길 12-27, 101호
출판등록 1988년 3월 3일 제3-188호
대표전화 302-2717 │ 팩스 · 6442-6053
디지털 현대시 www.koreapoem.co.kr
이메일 koreapoem@hanmail.net

ⓒ 송연숙 2025
ISBN 978-89-6104-414-1 03810

값 13,000원

'이 도서는 강원특별자치도, 강원문화재단 후원으로 발간되었습니다.'